劫後

廖 偉 棠 詩 集

書

百劫重逢緣何埋舊姓？
——唐滌生《帝女花》

拓孤之地

《劫後書》前言

民初有一詩人，才高命薄，曾著一詩集題為《被劫林中》，這四個字抵得上他、他的妻兒和同代無數詩人的命運。而我們、我，於一百年後的今天，以為已被自己的時代洗劫一空，遂去檢點這一百年的殘骨與磷火，試圖重組身邊的反骨與重光。李商隱詩曾云：「年華若到經風雨，便是胡僧話劫灰。」而今風雨已經，胡話初成，是為劫後書。

　　本書分為三冊，第一冊《拓孤之地》，原名《託孤之地》，由國藝會資助寫作其大部分初稿，現改稱「拓孤之地」，意為：拓印孤獨的地方，拓展自己的孤獨的地方，甚至拓荒者陷入孤獨絕境的時刻。以更貼近組詩所涉及的大多數台灣孤魂的傲氣與特立獨行。

第二冊《凶年巡禮》，關於過去兩年多所謂疫情之下的異情：哭笑無端，光怪陸離，終歸寂寂。惟願以字句巡禮遍路，如野僧念經，即便未能超度亡靈，也是懺悔的一種方式，沒有人是倖存者。

第三冊《母語辭典》，關乎我念茲在茲的香港，以及世界各個像香港一樣浴血抗爭的地方，母語是她們最終的倚恃，失恃——失去母親——就會失詩。

劫後重逢，最怕的是見面不相識，笑問客從何處來。但有詩為證，我們定能辨認本來面目，詩是明月，我們就是起伏的千巖。

目

次

序詩：
遼境

海面上
固定兩點，套上繩圈
筆尖作為第三點旋轉
即可畫出橢圓

斜倚的島嶼
是妳搖晃在轎中的小臉
微倦的模樣
搖晃的島嶼，一隻結繭的手扶穩

有所扶持的人是幸福的
有所依託的人是幸福的
那從來沒有懷疑過的人最幸福嗎
腳走在思想前面

神在，那我就繼續摺我的紙船

2021.4.18.

1922 年，賴和譯蕃人歌

治者恐其怨念莫釋，已不許其復歌

——賴和

「我們祖先尚留得
好空闊——茸茸細草，清水平陂——」
聽第一首歌的時候
我想到淮水醉
第二首歌，卻是蜀道難了
漢字綁著我
送到頭社的快舟前
送到蕃人的快刀前
我竟不能鬆綁

永遠都有治者嗎？
永遠都有怨念，這島這山這湖

當我選擇站在怨念這一邊
這些陌生的鬼魂
竟然剖開了漢字的結界
跳啊躍啊，漢字
也可以是山鬼般生猛的
當它選擇了新的詩行
迂迴突進，出草自己的舊頭

兩千年前
在楚國也有人翻譯了豹紋
在越國有人在水上
擁抱了今夕何夕兮，搴舟中流

三千年前
吉甫作誦，其詩孔碩，其風肆好
現在風再吹起來，船在激流顛簸迴旋
斷竹，續竹，飛土，逐肉！
我們開始唱一切不復唱的歌

2022.6.27.

1922 年 2 月，賴和循南路古道進日月潭。由集集沿濁水溪，經社子社，越土地公鞍嶺，由统匵進入頭社。2 月 11 日，賴和翻譯兩首原住民歌曲為新詩，題為〈譯蕃歌二曲〉，其中第二首他不明原意，只知道「蕃人每歌此曲，多飲泣流淚」，故所謂翻譯，實質上是賴和自己的創作，我認為此乃台灣的第一首新詩。

1929 年，襌雨

關河到處難為客，
風雨中宵且著書。
——連橫

襌雨
不是他們說的蟬時雨
雖然他們的片假名也
打濕我的嘴唇和睫毛
但二月的台北，只有母語
能夠鑽進我的衣領、袖口
然後咬噬我，像母親咬斷臍帶
告訴我什麼是失聲

什麼是棒喝
父語把我迎頭痛擊時

母語沉默舔走我的血跡
斑斑雨點，烙在我的傷口上
母親知道我需要的不只是治癒
而是記下舌頭捲動時
雨水中的電
電中的一刀刀撇、捺

我知道時代疾馳向前
我也走在潮浪前面，但留下
另一個我在一團團墨當中坐禪
一團團墨滋長出一叢叢蘑菇

讓這些留下來的人得以
舉傘，開口講述，蘸墨寫下
那些被寒鋒劈成箭矢
射向異鄉的人

2022.2.23.

1935 年，楊梅姊妹

一

在蕃薯藤與竹子之間
楊梅姊妹，像台灣一樣活著

深蹲著，你們像將結子的並蒂花
但之前，你們先成為沒有果實的戀人

有啊，你說，果實在我的蜜房
有啊，你說，果實在我的顏光

像台灣一樣相依為命，像台灣一樣愛
像台灣一樣遺忘

不會遺忘的，你說
既然秋雨還沾溼我的裙裾，你說

二

貌離，神合
楊梅女子，不是揚眉女子
糾結的髮型不一樣
你們的哀愁一樣，從太平洋迴轉
微瀾，不驚

便有花開在空白的一方
有貓的影子窺伺
另一方
枝葉引向空港
有貓的影子暗許未來

楊梅紅了，社子溪
有人在唱山歌
撩動的衣襟不一樣
你們的微笑一樣，從酸裡盪漾
東西，不過是山勢走向

2021.10.21.

注：

題吳金淼照相館的兩幅女子肖像。

1938 年，無足之夔

廢池喬木，在北平
江終於成為姜，Koh 成為夔
他是不存在的孔子的樂官
在不存在的宮殿中
用鐘呂勾勒樑棟
在不存在的隱居中
用空弦勾勒林泉
如此多的身分圍攏，他彈琴
在不存在的台灣中撫拍台灣

但胡馬依舊窺江，他依舊是那江
被先聖和他的魚們遺棄
跌跌撞撞出不了孤城
夔有一足，而江無足
1938 年不能走

1949 年又怎麼走呢
你可以把你的半爿中國帶到台灣
只需要給他留下一台史坦威鋼琴
留下了鋼琴就留下了不存在的禮樂

其實這古都很容易被遺忘
一如這些白得耀眼的星
軍隊早已從他的心撤離
只留下黑暗
留下了黑暗就留下了阿里山
夔其實是一頭南方的野牛
寂寂巡視北方的空營
他吹起自己的斷角
向整個亞細亞吹送未來的反芻

2020.12.3.

注：

1.Bumya Koh，江文也（1910-1983）的英文名字，按日語發音而來。

「島的記憶／朝夕撫摸、日夜反芻」──江文也晚年日文詩作。

2.「若是論到音樂這一點，你的體內不也和北京一樣駐紮著世界各國的軍隊嗎？」──江文也北京遊記。

3.江文也晚年遺作為《阿里山的歌聲》。

1939 年，哺舌

「有人取笑我說，
咬舌（台語『哺舌』）
台灣話就是說謊的意思。
還笑我說，
斗六門對你說來就是
鬼門呀。」

「『老爺爺，你好。
歡迎！歡迎！啾啾啾啾！
麻雀的家在哪兒呢？
老爺爺，你來了，
歡迎！歡迎！……』
（此處原文為日文片假名）
聽起來好像是〈被剪舌的麻雀〉
故事裡簡單的會話」

「這孩子是說國語長大的。
開始跟隔壁小孩玩的時候有點
不自在，
好在最近不知不覺中
也學會了一點台語了。」

「『不過也許正七男長大成人時，
台灣也會變成只有國語才能通用。』
我說著，一邊痛感
先覺者也有先覺者的煩惱。」

我嚇了一跳，
你西川滿真的是先覺者，1939 年
在雲林預言了 1946 年的台灣？
不對，這是兩個國語，

兩個互噬的國語。
歸根究底你是說謊者
你虛構的大盜非常博爾赫斯
你把他們的慘死藏在舌底。

而正七男的隔壁小孩
一邊被剪舌，一邊哺育著
自己的舌頭。

2022.4.10.

注：

詩中引文引自日本作家西川滿（1908-1999，曾居台約三十年）著《雲林記》。

1942 年，鳳林鬼語

夢々を駭かしては
洋燈を灯して沖へ歸らう
　　　── 伊東昌子

饒正太郎
我把你的歸省，打成了鬼繩

因為父親的關係，就職於鬼務省，從事鬼島行政
「白天赤裸地做著亂七八糟的夢」「知識份子睡過
　　頭了」
饒鬼太郎啊我替你回來吧

如果你，不，如果我活下來將怎樣？
你站在花蓮港旁的郵便局二階上看見的死神
我們今天也能看見

我代替你眺望不遠處

在堅不可摧的寒雨中蠕動著人類的碎片，地球就是
　　海伯利昂

太平洋鐵色海面上，那麼多的光，閃爍著全是我們
　　的愚行

現實主義者隆隆碾壓著現實，毋需戰爭幫忙

如果可以殺死你的父親

救出蛙和昌子那該多好，救出我

詩人的修行，竟成了鬼繩

綁住自己的、母親的、妻子的石像

脫孤之地，午後家禽墓地，第138個雕像

在堅不可摧的寒雨中蠕動著人類的殘煙，地球就是
黃泉比良坂

太平洋鐵色海面上，那麼多的光，閃爍著全是我們
的詩行

2022.4.29.

台日混血詩人饒正太郎，代表作〈137 個雕刻〉組詩等，就職於日本拓

務省，從事殖民地行政，死於 1941 年。其父乃鳳林惡紳饒永昌，其母

名「蛙」（ワイ），其妻乃日本詩人伊東昌子。正太郎死後昌子攜二子

自日回台投靠饒家，被饒永昌遷怒殺害。

1944 年，另一個時間不感症者

它渴望著

吃盡了那群空裡　海裡的夜光蟲

　　── 林修二〈星〉

1939 年，北平
那些巨獸的骸骨是不存在的
只有考古者的夢吃著未來的人。

1943 年，東京
那些佛的防空演習是不存在的
只有諛佛的人親吻著滅佛的人。

1944 年，麻豆
那些夜光蟲一般明滅的生
多麼真實，地火夷平了嬰兒們的紙廟

弟弟們在黑潮一般的經文中迎迓我呢
我的文字在詛咒一般的《摩登時代》中
竭力辨認著死，就像烏鴉的婚禮

跳著阿高高舞的，我的哆啦 A 夢們
你們知道銀翼殺手與明和電機嗎？
就像我早已知道大阪萬博也不過是

二十世紀少年的葬禮

2022.2.22.

注：

1. 〈兩個時間的不感症者〉為劉吶鷗小說。

2. 林修二（1911-1944），日治時代以日語創作的台灣詩人，風車詩社

成員。

端午，過美崙溪至花蓮海濱

浪輕輕掀起了千垛慰靈碑
昨天的粽子仍然披著簑衣
固守著死亡的黏稠
海攤開了雙手，無限地攤開說：無
它並無軍火或笛聲酬答黑夜
它和汨羅江的三戶無關，和秦亡無關
和神風敢死隊和鐵絲貫掌的義民均無關

今天的粽子仍然披著簑衣
垂釣潛行於河心的山影的鱗片
那條龍它將要翻滾旋躍而起嗎？
那千條龍它們將要翻滾旋躍而粉碎嗎？
它們還說著楚語痛楚至極也些？
罷不了，明天的粽子仍然披著簑衣
海收起拳頭——驟然爆擊一千面不存在的國旗。

2020.6.25. 花蓮回台北火車上

1945 年，神風在花蓮

神風禁錮在防空洞裡
也許是最好的歸宿
神早已忘記這一個玩笑因何而起
你肩頭的落櫻以銹鐵鑄成
每一片都重如離家的腳印

轟隆隆響著滑翔俯衝的
是太平洋本身
波光如攜介錯短刀千柄
（換個「祖國」的說法是凌遲）
凌遲你的漢名？
（另個「祖國」的說法是刺身）
獻給他們的神官與皇的春饌

二十一歲，死過三次
再死一次沒有賞味期限的死
清酒如血雨，濡濕幾頁史書
或你的白內衣胸前
炸開的那顆不能入祀
的火龍果
（屬於南方海島的碎屍）

那些在陽光中跳格子的孩子
沒人再追問你在北國的殺人
是否如雪髒汙
神早已忘記這一個玩笑因何而起
只有遊客耽美或切齒
拍照時不忘比 V
真正的風在山坡說著神的語言：
天堂將理解這一切

2020.6.27. 松園別館

注：

松園別館興建於 1942（昭和 17）年，為當時日軍在花蓮的重要軍事指揮中心：兵事部的辦公室。此園在日治時期曾是高級軍官休憩所，據說日本神風特攻隊出征時也會在此接受天皇賞賜的「御前酒」，今存防空洞裡有台籍神風特攻隊的紀念展。

〈恐怖的檢查〉，或《少年、煙霧與傘》

刻刀狂奔你的我的左腕
當右腕淋漓，章魚頓地如
一坨酷吏。陰陽在
撿回來的十字路口永別
木刺夭夭成雪。月。刺青。鐵銬。雪。
木刺如女兒幼指，怯怯敲門。

向所有這些智者說文解字，用黑幕亂針腳。
告訴他們在煙下濾墨，必能醉殺。
向不願忘者擊鼓，震其心膜。
因為鏗鏗，所以鏘鏘。
如果我是瓦斯是霧，必然愛撫
無邊轟墜的手掌。

2021.9.22

注：

1.1947 年，中國版畫家黃榮燦（1920-1952）創作二二八事件紀實版畫
〈恐怖的檢查〉，1952 年，黃榮燦被處決。

2.《少年、煙霧與傘》是在台馬來西亞藝術家李權迪創作的關於 2019
香港反送中運動的木板畫作品集。

乞丐

兩個小說家在台北
某一巨簷的陰影下
擦肩而過
那是 1963 年
抑或 1968 ？
1947 年，他在山東
他在新竹
各自見到各自的乞丐
在他們早熟的身軀裡乞討
他們的血。

他給了他一隻蟹鉗
他給了他一股鐵漿
燒剩了，都是青煙。
1963 抑或

1968 年
他惦記故國
「五萬萬張苦難的面孔」
他惦記故鄉
一個個插翅難飛的魂。
各自見到各自的乞丐
在他們沸騰的身軀裡乞討
他們的冰。

2022.3.13.

注：

混讀朱西甯（1927-1998）〈鐵漿〉與黃靈芝（1928-2016）〈蟹〉。

1950 年，山雀或者呂赫若

若黑夜群山合圍
你深潛如水
為何？把沉默的文字
變成電波難道它就會引火？
不，我寧願你是水銀，水踮腳走路

哦山雀，快些回家
你的子女託付給晚霞和朝露了嗎？
晝與瞑都聽不懂你的歌
你是屬於臨暗的
儘管你說的是逢魔時刻

雀躍的，是死神的細爪呢
鎖緊了你的風紀扣
再由蛇信嘶嘶
模仿異鄉的風神欷歔惋惜
不，我寧願你不飛過，這時代的懸崖

哦山雀，快些回家
你的子女託付給了島嶼還是大陸？
人們的手已經長出了槍管
還要半個世紀才會長出葉子枝椏
此刻群山已經關門了

你啄啄，把冰窟啄成山河
但是每敲一下發報機
就收回一個以前寫下的字
實塚在你的小身體周圍環伺
剛剛破殼的群星啄著你的血

2020.12.28.

注：

小說家呂赫若（1914- ?）大約失蹤於 1950 年前，據其同志回憶，他死於毒蛇之咬傷，葬於鹿窟山頭。

1952 年，一詩人「意外身故」

毫不意外
既然你代替了我在沸騰的海裡活過
以發光章魚為幌招搖過市
你也是代替我受刑、槍斃的貝牆
在彈孔中湧出大雪一樣的鹽
你代替我選擇且遵從異端
代替我被暴君點名

但酒醒之後我們的影子站在遠處敲門之後

毫不意外
你代替不了我一點點冰裂
把冬天一點點醃進淚腺
大路拐彎，在馬場町，突然收窄，變成墓道
我突然代替了你，羨慕早逝的朋友，比如說林修二

你不過想在神社折辱的地方塗鴉他的名字
（沒人記得我們曾相約以劫火取暖）

2021.1.3.

注：

李張瑞（1911-1952），筆名利野蒼，籍貫台南關廟莊，為「風車詩社」詩人。白色恐怖時期被祕密槍決，但解嚴前文學選本諱稱他「意外身故」。

1963 年，紫陽花

那株紫陽花也會再次甦醒。

—— 黃靈芝

那個寫詩的人不再寫詩
而是在庭院裡燒畫的時候
他的鄰居開始用被禁的語言寫小說

那個寫小說的人不再寫小說
而是在山上養豬的時候
他的鄰居開始用磨鈍的唱針作曲

那個禁止了音樂翻越籬笆的人
不再哀嚎的時候
他的人民用鼻血塗鴉了花的選票

那個被一個個主義強暴的人
不再哼唱國際歌的時候
她的愛人用在海底撈回的腕足寫詩

詩海嘯的時候，紫陽花就會再次甦醒

2022.4.13.

注：

1963 年，黃靈芝上陽明山開墾荒地耕種。

1964年，《新英文文法》第二版舉例

P104 準關係代名詞：

He was not such a man as would tell a lie.

他不是會說謊的那種人

（他是被說謊的人）

They don't have such a book as I want.

他們沒有我要的那種書

（他只想要回那本《唯物辯證法》）

This is the same watch that I lost yesterday.

這是昨天我遺失的那隻錶

（錶針停止在

上緊發條勒緊呼吸那一刻）

P125 冠詞的位置：

Half the money was stolen.

有一半的錢被偷去

　（歸屬於檢舉匪諜的好人）

Many a man was killed.

有很多人被殺

　（歸功於臥薪嘗膽的偉人）

I have never seen such a pretty flower.

我從未見過如此美麗的一朵花

　（冠詞的位置

還在高聳的頭顱上嗎？）

P458 過去分詞補語：

The old man seemed satisfied.

這老人似乎滿足了

（簽字的筆停止在未來哪一刻？）

Have you ever seen a man hanged?

你曾經見過一個人被吊死嗎？

（我從未見過如此美麗的一朵花）

He tried to make himself understood.

他力求使自己能為別人所了解

（《新英文咒語》

不斷改訂增補它的文法）

P592 從屬片語連接詞：

As soon as we started, it began to blow hard.

我們一出發就刮起大風來了

（綠島是一枚小小的郵票）

I shall keep your present as long as I live.

我將終身保存著你的禮物

（領袖在正面，黏液在背面）

You may stay here so long as you keep quiet.

只要你們保持肅靜，就可以永遠留在這裡

（我已經永遠留在這裡

成為靜默與呼喊的連接詞）

（P.S. 改錯練習：P275 現在完成式

Have you ever seen a tiger?

你曾見過老虎嗎？

No, I haven't.

是的，我以前見過。

Have you ever been in Hong Kong before?

你曾在香港住過嗎？

No, I have never been in Hong Kong.

是的，我曾在香港住過。）

2022.5.27.

注：

《新英文法》（*New English Grammar*）：高雄第一出版社 1960 年 9 月出版，是柯旗化（1929-2002）編撰而成，1961 年他第二次入獄後，於綠島獄中不斷改訂增補再版，成為台灣最暢銷的英文文法書籍，最新版為第一出版社 2009 年 3 月第 144 次印刷。

苦苓林的一夜

讓我也做一個夜晚的你

當露珠在窗口嘶喊

耶穌便看不見我們

—— 瘂弦

1

過了苦苓林
就是樹林口
過了樹林口
就是義士村
義士村只有一個人不寫詩
他不寫詩但被苦苓林的韻腳傷了心
他不能飛因為刺青批改了他的背

過了苦苓林
就是公西站
過了公西站
就是可憐人
可憐人在公西戲院坐一張苦苓做的凳
她認識的詩人乘氣球到了同溫層
她不認識的詩人在渡海以一隻藤籃

2

但義士說：幹
他們的遺址如今只剩下一枝
寫著「義士幹」的電線桿
杵向天空像一根中指
心戰氣球都飄光的天空
義士只留下一個
鐵缽給林口的流浪貓
然後他們走進聽不懂的叫喊裡流浪
那些嘴巴也讀不出他們身上的刻字
他們的「殺朱拔毛」
與「反攻大陸」一樣僅僅變成
肉身上的酒標

最後是丟一地不盡的酒瓶
Khoo—ling—a—Khoo—ling—a 地
在裡面叮噹作響的是什麼？
是義士的刀劍、傳說？
還是剁下來的指骨和勳章？

苦苓林的一夜
他們展開對自己最後的心戰
隨著氣球消失在
異鄉
零點

3

另一個她在林口車站下車
手上是菸
菸裡面是野馬
台灣沒有的野馬
我在戰場上見過
被砲火炸上天的戰馬
被決堤的河水卷走的駑馬

我可以搭訕她嗎？
她的同溫層可否讓我進入？
那兩個護衛她的阿兵哥

喝著和我一樣的劣酒
醉著和我不一樣的醉
而我們仨應該一樣泅渡著
最終泅渡不了的濤濤大河

4

於是我走三公里的夜路
到公西找那些阻攔行人的
喧呶的草兒
於是我走三千公里的夜路
到某人的夢境找那
殺我的毒液
故鄉的毒液

我會在中途遇見釜山的槍林彈雨
我會在中途被長春會戰劫走
我的半個胃、兩條肋骨
我會看見各種吃人的花

那麼豔麗，阻擋我
走到你跟前討要一把
剔骨的刀子

苦苓林的一夜
不屬於我的一夜
那些小母親，懷孕著的那個台灣
確實是埋葬我的台灣嗎？
這被草色染青的床單
不是我的國
傾天的雨幕下，我的國在自瀆

射出了，不屬於我的精液

2022.4.20-24.

注：

林口與龜山公西一帶，曾被混稱作苦苓林，駐軍頗多，服務軍人的場所也多。瘂弦曾寫詩《苦苓林的一夜》，「苦苓林」唸起來就像閩南語的「可憐人」。

時軍中作家辛鬱、張拓蕪、楚戈和趙玉明等在林口合租，詩人商禽以「同溫層」給此地命名。劉大任和王瑜的回憶中，這裡是當時的「浮游群落」文青樂聚之地。

林口曾有義士村，乃韓戰中國「志願軍」俘虜歸義來台灣後所安置居住之地，他們後來有的任職林口心戰部隊，有的成為浪人。

1969 年，哪吒去梵林墩

總有一些先鋒先於我們出發
譬如尖刀總是先於骨肉
骨肉又先於精魄
你在無定河岸
遇見的必不是我

總有一些前衛先於我們抵達
出軌總是先於軌道的交錯
月台先於車票著火
你在梵林墩
等待的不是果陀

那汗濕的混天綾不是信物
殺死你的也不是愛的病毒
假如你接住這些沸騰的露

你就是 1969 年的荷葉
接住 1971 年的血珠

但現在蓮藕的肢解必先於
蓮子誕生：火車輪先於風火輪
切過你的腳掌、鼠蹊——
那遲到的佛像畫家
至今仍在描摹小說家們相混的恥骨

2022.4.18.
致敬尉天驄（1935-2019）《到梵林墩去的人》與奚淞《封神榜裡的哪吒》

1970 年，浴室裡的吶喊者

我能夠忽略這敗獸的哀嚎嗎？
當同樣的冷水在午夜澆灌無法撓及的傷疤
一夜一夜
他在刑房般的浴室叫喚他的母親
四野是他漸漸熄滅的希望
只餘下一絲焦糊氣味
縈繞這些不甘心的魂魄

我能夠無視這捕獸夾裡的利爪嗎？
不能，我還要把它扛上阿里山嗎？
像那年的流浪犬「麻糬」
我讓烈日的碎片叫醒它和我的昏痛！
一夜一夜
他從父親回到兒子，再回到荒涼子宮的胎兒
沐浴著一場地震的全部瓦礫

我本來就不是他的子民
也沒有義務去領養或者唾棄他的銅像
只是在打開蓮蓬頭淋浴的時候
或者在浴缸裡深潛一百米以下
零度以下
我呼吸到那些冷極了的硝煙
和他們的骨灰一起嗆住我的嗓音

猖狷著向他的屍體旁走來的
依然是他鬣狗一般的祖國

2019.5.16.

注：

據衛兵回憶，晚年蔣介石（1887-1975）在浴室洗浴時常哀嚎呼喊母親。

1970 年，新店軍人監獄一個不願出獄的人

你笑說也許我不適合做詩人
我一次次拒絕簽字誓書
當我真的寫下誓書鐵卷……
作為田橫之島的台灣，在誓江上漂遠
漂進一篇自由詩似的波濤裡的台灣
我坐了下來
哪怕獄門不再打開

水窮處，正好效驚雲飛起
我也適合當飛機師
只巡寮廓，不轟炸市井堡壘
那該多好？青年時在故鄉讀過的碑拓
一路尾隨像野僧的簫聲而現在
我才從它的決絕中認出自己
我終於老成一把鑄劍時

可是你沒有告訴我
新店溪旁洶湧的是野草還是我的四百萬字
監獄就是禹域，初秋不是楚囚
四百萬字終於燒盡一個皇朝的時候
那驀然騰空的灰燼
會把我帶去自由中國……小寫的中國
大寫的自由。

2022.5.14.

雷震（1897-1979）囚於新店軍人監獄十載，1970 年 7 月 23 日刑滿前獄
方收走雷震的稿件，雷震為了抗議拒絕出獄。雷震亦拒絕填寫出獄《誓
書》，後經妻女及王雲五等苦勸方同意照抄。9 月 4 日方出獄。

雷震雖出獄，但其入獄期間所寫的四百萬字回憶錄，仍遭軍監強行沒收。
1988 年，其遺孀宋英向監察院提案重新調查雷震案，在監院準備調查
的同時，新店軍監卻將回憶錄悉數焚毀。

1972 年，中興賓館一房客

你笑說也許我更適合做旅遊部長
我一次次假裝下野下野
當我真的走進「野蠻」之地……
嗯禮失求諸野的台灣，在野球場上跑壘
衝進一團血霧似的塵煙裡的台灣
我坐了下來
哪怕雲不再升起

水窮處，正好劃圈成為池
我也適合當建築師
只建別業，不謀劃宮廷城郭
那該多好？青年時在異邦遭遇的枯山水
一路尾隨像敵軍的陰魂而現在
我才從它的孤寂中認出自己
我終於老成一抹虛浪時

可是你沒有告訴我
七星山下鬼哭狼號的是風還是我的舊部
賓館似是冰棺，初秋仍是楚囚
虛浪終於沒入一灣砂子的時候
那跑過的頑童的赤腳
會把我帶去自由中國……大寫的中國
小寫的自由。

2022.3.17.

1. 中興賓館，現名陽明書屋，是蔣介石最後的行館，也是他唯一參與設計的、最大的行館。

2. 《中美聯合公報》第六條強調「美國政府承認『中華民國』是『自由中國』的真正代言人」，據說英文版原條文中，「自由中國」用的是Free China，似有專門指涉「中華民國」的意涵，國民黨認為暗示「中華民國」已不代表全中國，凸顯有「兩個中國」，因此緊急和美國磋商，把條文改成小寫的 "free China"，凸顯代表的是「自由的中國」。

撿

掏出我的舊錢包時
跌出一把硬幣
蔣介石的頭滾落一地

這是我前往空總看《明白歌》的巴士上
這是一年最冷的一天
連蔣介石也同意
這混合了雨水和腳印的下場不是滋味

而我還得一一撿它們起來
雖然我更想撿起那些不可能撿起的

2022.2.20.

1974 年，另一個廖偉棠

在我出生前一年
感謝你，稍稍完成了我未及的夢想
——成為一個歷史學家
或者：一名史官。
因為你的碩士論文題目是
《宋代國策的流弊》
這多麼像寫給那年垂死者的諫書
而不是傳給明年那位未生者的劍術。

我能想像你在那個冷夏也揮汗如雨
因為雨將要擦亮一切
無論是宋兵的銹甲還是綠島的背銬
無論是偉人的簽字還是死囚的指模
宋亡三百二十年之後
厓山之後

客死者魂歸大陸一個半月之後
你交出這本論文的影印稿。

雨又將埋葬一切：黑暗中
我期許你做我未曾做過的事
飆車、炒股、服役、叛逃，或者
做一個公娼的情夫
給民間博物館的假古董背書
也不妨在老師的公司調包
為了保存一頁鄭經的詩草
雨又將書寫這一切：筆從來飽蘸王水

在你這僅有的著作上蝕出鳥道
搬運它回到厓山之北。
你再遇見它的時候你已經

我已經四十五歲，僑居厓山之東
對兩宋的迤邐一無所知
也一無所知未來的鏡子將繁衍多少幻肢
從此，我打開又闔上你的錄鬼簿
你編定又繩削我的劫後書。

2022.5.20.

注：

台灣歷史學者廖偉棠著碩士論文《宋代國策的流弊》，完成日期為「民國六十三年六月」，其業師為程光裕教授。論文影印本不知何故被武漢教育學院圖書館於上世紀以 506 元人民幣購藏，復又在本世紀流落武漢民間舊書店，2020 年大疫初起時，我於舊書網頁上意外見得，遂託大陸詩人茱萸輾轉代購，寄回台灣，置我案上不時翻閱，有隔世相認之慨。

在台東，阮囊釋甲

蒼生釋迦
就是阿嬌釋迦
在焚風裡端坐
阮囊釋迦就是
留得一錢看的杜甫
釋迦

甜到結冰，何謂苦味？
苦與萬千種苦僅僅一山之隔
山上有平地
平地有教堂
教堂裡有卑南少年唱詩
梟豹之聲沉寂

如是五十年
幻獸出沒在你的布枕畔
噴火於你磨白了的軍裝
你一瓣一瓣收攏自己的銹甲
是且僅僅是
忘川釋迦子

釋迦就是卸甲。那些寫過的詩
聚攏緊緊
成為五十五間堂的恆星群
你在它們的俯瞰中歇下腳踏車
在鯉魚山下
給女兒阿芳買了一籃蒼生釋迦

2022.6.8.

注：

詩人阮囊（1928-2018），生於山東，少時失學從軍，1949 年隨軍來台，服役金門。退伍後拒領月退俸，於台東居五十年，晚年潛心向佛，終生不願出版詩集。

風神 1983

起風了
只有努力捶擊翻轉的風帆一途
密佈太平洋上空的機翼
並沒有載走我島的鬼魂
這豔光四射的
死亡的引擎
生的鋼音

起風了
只有努力在下沉的鐵達尼號上
捶擊龍骨、假裝它有黑白鍵!
你會和我跳完最後一支舞嗎?
北平?廣島?鼓浪嶼?
我取代你們成為孤島
成為福爾摩沙血淋淋的母親

風神來了
我見過他在京都的屋簷下笑
我聽說過他在台南的廟裡哭
我不知道他還會轟鳴
在縣道 184 上
唸著鄉音之咒
疾速招回我的秋心和離魂

風神來了
脫下他泰雅人的黥面
割斷追了我 73 年的一根血箭
我並不想成為聖塞巴斯蒂安
卻不得不被故鄉萬箭穿心
這不就是故鄉遣來風神
唯一的意義嗎

2020.12.5.

注：

1. 「你應該理解這場風神的即興演奏，在我過去不短的旅途中，是碰了不少這風神的惡作劇的。」—— 1970 年，江文也致兒子的信。

2. 〈縣道 184〉、〈風神 125〉為交工樂隊《菊花夜行軍》中的曲目。

3. 〈泰雅族之戀〉：江文也佚失之作。

4. 1983 年 10 月 24 日，江文也在北京逝世。

1987年，「吳鳳」最後一次被寫下

> 「那些名字，然而名字只是幻象」
>
> ——楊牧

那些名字充滿歧義
無法不讓人起疑
假如吳鳳是犧牲，湯英伸也是犧牲
假如吳鳳不是英靈，湯英伸也不是
只有特富野當然不是吳鳳鄉

吳鳳最後一次被寫下是什麼時候？
是犧牲也不是犧牲——
湯英伸被殺了，就像吳鳳也被殺
那兩歲的孩子一樣被殺了
卷宗和詩文裡只有她沒有名字。

而吳鳳活過，就像湯英伸活過
這是我們對他的最後一次出草——
1979 年，吳鳳第一次被寫下。
這是我們對他的最後一次出草——
1987 年，湯英伸第一次被寫下。

假如出草是神聖的。

2022.4.1.

注：

1.1979 年，楊牧（1940-2020）著詩劇《吳鳳》出版。

2.1987 年，湯英伸被執行死刑後，蔣勳寫〈槍手與少年的對話──悼湯英伸〉，其中有言：「有許多叫做吳鳳的人來，他們說：那魯窪吉，用攝影機拍攝我們臉上的刺青，並且，把我們的村子也改名叫作『吳鳳鄉』。」

1988年，苦寒之國

我以為每一個在俄羅斯生活過的人都擺脫不了這苦寒：比如說蔣經國。

他想沒想過這個問題：台灣，這個離蘇聯最遙遠的地方，真的最遙遠嗎？

他繼西伯利亞人之後成為了台灣人，儘管他差點帶給台灣一個西伯利亞。

他用紅色把一切都刷白，又用白色把一切都刷黑，儘管他要的可能只是一種無限綿延的灰，中性灰。

他從來沒有欣賞過三角琴；當我給他畫像的時候，他讓我在鉛筆稿的階段停下來。

國停下來。他死的時候，蘇聯稱自己是解凍時期，尼古拉喝過的伏特加在他體內點燃的時候是藍幽幽的。

2020.12.11.

注：

尼古拉・維拉迪米洛維奇・伊利扎洛夫（Николай Владимирович Елизаров）是蔣經國（1910-1988）留學蘇聯時的俄語名字。

1989 年，廋之書

親愛的騙子
每一片葉子逆風翻轉
我都曾誤以為是你
我們心照不宣地離開
夢中的房間
就像我們心照不宣地到來

那個時代，削瘦還是消廋
我們始終是驚飛的血肉
我們始終是越冬的凍雨
靈魂焚燒如錦緞
慾望相融成骨灰

在本應該相愛的地獄我們奢侈地恨
在本應該遺忘的天堂我們搜索不停
親愛的騙子
每一封隱匿的郵件
我都以為是你寫給我的遺書

2020.11.2.

注：

七等生（1939-2020）在生命末期仍然跟編輯說要注意《削廋的靈魂》的書名，「早期都是鉛字排版，撿字工人以為我寫錯字，改成瘦，後來很多版本就沿用變成削瘦的靈魂，但我的本意是廋，有隱藏的意思，這次全集如果能夠，我想改回來。」

據《教育部國語辭典》——廋字，注音：ムㄡ，漢語拼音：sōu

解釋：1、[動]隱匿。2、[動]找尋。通「搜」。

1989 年，七等生中止寫作，專注繪畫。

1989 年，曼菲在旋轉中升起

2022.5.10.

注：1989 年 6.4. 後，林懷民創作《輓歌》，羅曼菲（1955-2006）獨舞，成為她
代表作。

由此至終都不是霹靂
　　　　是默示錄：
　　　　恐怖的天使抓緊你的雙脅——
　　　　黑蛾，麥哲倫星雲，碎碟！
　　　　她進入她不該進入的暴風眼
　　　　　「我進入我應該
　　　　　進入的」一枚
　　　　　　千枚
　　　　　　冰錐
　　　　　膽石！
　　　　賽壬吻你在生死的間隙
　　　　中微子，閃焰，莫洛托夫！
　　　　　你將手伸向她的乳下
　　　　　　乳下有你的傷
　　　　　　　攪動星河
　　　　　　曼菲
　　　　　升起
　　　他說：不要停！應停下的是歷史！
　　　　是難產的、血崩的島在升起
　　　　　你旋轉你將在荒野
　　　　　　生育自己
　　　　　嚥下
　　　　　胎盤
　　她撕開她不應該撕開的黑夜的裙裾
　　「我撕開我應該撕開的——」
　　　　　塗污的樂譜
　　　　　龍的蛻皮
　　　　　——那個被憤怒
　　　　　　推下懸崖
　　　　　　被風在
　　　　　裸背上
　　　　硬扯出
　　　雙翼的你！

1993 年，張捷的午夢

這一覺有多深、多長？
門外的陽光像有彈孔的襯衫
洗得發白，但翻過來
是絢爛的油畫
拓印，我的孤獨
還是四十六年淤積的怒濤？
那些捲起的油畫，翻過來——
是閃電照不亮的山河
洗不白的、補綴不了的
這一覺

那一角
也是這個島永遠缺落的嗎？
我曾經用肩膀托起的
落櫻一般的心裂開的一角

托起，你的孤獨
我讓兒女捧出去的一把把子彈
回來時變成了一隻隻螞蟻
沿著牆縫爬上我的閣樓
然後變回泥土
覆蓋那些畫上面的風物

你披著襯衫走進來
昨天嘉義火車站遲到的汽笛聲
唧在你的唇間
你說：我們可以走了
油畫裡紅海般的顏色沙沙分開
剩下一張素描
我們走進素描裡的島嶼
我們輕盈如新削的鉛筆

嗅聞著彼此鬢間木屑的清香

拓描，天空的孤獨

2022.4.16. 受難節翌日

注：

張捷，畫家陳澄波的妻子，在畫家遇難後守護他的遺作四十六年，未能等來政府的一聲道歉，於 1993 年 4 月 22 日去世。

1996 年，雙魚座林燿德的雙重生命

（1996 年春，他三十三歲，從此
詩反過來寫他
2021 年冬，它二十六歲，還可以
再寫幾萬行詩）

你去死的時候我們還沒有
青銅聖鬥士
而你已經是黃金聖鬥士了
以奢侈的四色玫瑰，指點我們捕風

那麼台北和你無關，你的舞台在雅典，是嗎？
這些長詩模仿著衛城的斷柱
抑或相反
悲哉我貝類的斷腕

那麼雅典和我無關，我的廢墟在台北，是嗎？
十二宮只剩下巨蟹
蠶食我們，一如雙子淫猥著
你的雙魚

那一刻我感知到地球便是龐大的水熊蟲
需要我仆倒插入我的血匙
這一刻我才收到你的密碼
而保險箱裡空空如也

（裡面並沒有一個人的死
或是所有人的生
伊蓮蟲變態奧瑪蝶
只需一夜）

2021.12.28-29.

注：

伊蓮蟲和奧瑪蝶均為林燿德（1962-1996）長篇小說《時間龍》裡的外
星生物。

慈湖

慈湖的花草鳥蟲都喜歡這些雕塑
銅鐵石頭或者水泥做的一坨
有近乎自然形成的空洞
蜘蛛或者更小的蟲喜歡繞它忙活
啄種子或者排泄種子的鳥
也都喜歡那些座標
在其指縫衣褶萬物曲盡其妙
不一定比歷史單純，也沒有多複雜
河裡的魚也不用費勁逆流。

來這裡拍照的少年男女當然也喜歡
雕塑旁邊總有垂花帶起微風
他們喜歡那幾個馬卡龍色的襯托
她們的柔軟她們的清爽
其中一位離開時毫不忌諱

高喊我要去尿尿
雕塑看著這一切總是苦笑
把曾經的酷烈都還給七月的山河
這裡的山河既不破碎也不原諒什麼。

當太陽下山，它們就慢慢挪動腳部
想倒下、滾入荒煙蔓草
躺在一隻貓熊垃圾箱的身邊
聽它講述所謂故鄉，那些無家可歸
的木牛流馬
所謂祖國，有的沒的
無聲沙聚的遊魂野鬼
既不驚悸也不怒目什麼。
再也不放棄也不悔恨什麼。

2022.7.25.

「慈湖紀念雕塑公園」園區是大溪鎮公所在 1997 年所設立，但到了
2000 年才有蔣介石銅像移置到園區，現多剝蝕長蟲。

2003 年，炸彈與客

沒有瞭望塔也沒有烽煙
我不過在村莊邊上
與流浪犬為伍
如果這颱風夜有過客敲門
我會凝視他熾熱的眼神

如果我是他我該怎麼辦？
只要這樣一想
我就捏了一顆炸彈
不能騰出手去安撫孩子的哭喊

我的鐮刀中有一個人敲門
我的米裡有一個人在敲門
噠噠噠噠一道光
在咒詛那垂垂老矣的黑夜

我站在瞭望塔上
一隻雨燕在我的骨裡鬆綁
接下來她將穿越滂沱、
迤邐千里的稻田
找到那個離家不回的人

2019.10.1.

注：

反 WTO 的農家子楊儒門被稱為白米炸彈客

2008 年，柏楊逝於盛世

「小孩問大力水手：『老頭，你要寫文章投稿呀！』大力水手：
『我要寫一篇告全國同胞書。』小孩說：『全國只有我們兩
個人，你知道吧！』大力水手：『但是我還是要講演。』」
—— 柏楊譯《大力水手》

全國只有兩個人的時候
你必是其中一個
舉起無器，入其無物之陣

此陣變化多端，是島
也是陸，是激流，也是沙岸
時而爆擊、時而舔舐你的傷口

更多時它像你在獄中讀的史書
一頁頁凌遲，一葉葉枯萎掉
那些你的、她的身上的十字

而又重新長出荊棘。

她就是你隔壁囚室的女子
她就是你一輩子反覆夢見的凜寂
　　三張犁，鄰室有女

幽魂靜，恐變蒼──放風時
你揀起她的血衣，晾上空空的旗桿
這是只有你們兩個人的國的升旗禮

提籃橋，她先你四十年，建國於無地
然後隨便衰世來，盛世敗，獄牆
不外乎眼簾的隱喻，一瞬眼間

與你們無礙。

2022.5.6.

注：

1968 年 1 月，柏楊（1920-2008）因《大力水手》翻譯文中提及大力水手卜派父子流落至一個豐饒的小島而樂不思蜀，3 月 4 日被捕，3 月 7 日冠以「共產黨間諜」及「打擊國家領導中心」的罪名，判處十二年有期徒刑。1977 年出獄。

柏楊著有「獄中詩抄」，其中〈鄰室有女〉寫其未謀面的囚友，柏楊視為代表作。

2008 年 4 月 29 日柏楊在台北逝世，同日是林昭遇害於上海 40 週年。

隔世書
——致李渝（1944-2014）

1

一次真投票和一次偽選舉之間
我在林口的一個山谷中
不知所終

當代菁英的交杯換盞外面
你的童年少年、愛與不愛之間的孤寂
你和你的時代，也不知所終

本鄉啃噬著異鄉，彷彿到此止步
溫州街與溫州街也不相似
只有榻榻米的濕氣依舊壓抑著磷火

你在素裙上面結了偌大一個蝴蝶
誰也看不到了。你靜靜磨亮一顆
子彈，把它埋入少女的身體。

也埋入這個中年男子的身體可以嗎？
這樣的話我可以接受珍珠嶺暝色四合
我可以像一隻螢火蟲起飛

抵抗這萬軍齊發的光與闇

2021.12.18-19.

2

氣溫驟降，一如當年
怪手早已伐盡了菩提樹，一如寓言
菩提樹是不存在的事物，一如家國

有什麼在陽台上空落下？落下便是鋼琴
變成空氣（這個笑話殺死了多少少年？）
有那樣一個中國，在溫州街
有那樣一個台灣，在柏克萊

街上都是過不去的橋
橋上都是見不著的人和影
你什麼時候，才把橋上的東西撿起來？
這麼微小，暗紅的，蜻蜓翅膀一般的

現在我們集合了所有昆蟲，只差螞蟻了
那麼這棵樹終於可以存在了嗎？
（那深夜裡一聲聲墜地的，不是屬於它的葉

（而是屬於我，薄襯衣上的鈕扣）
不存在的雪，不存在的遇雪的舟，不存在的紙手銬
我們唇抿著、翅下掖著的舊血，說不說出來呢？

2021.12.27.

3

我是你愛過的鄰居少年嗎？說台語
的陌生人，在審判後十五年後回來
你還活著，我還活著，那多好

我是你擦肩的鄰島少年嗎？紅磡
的中學生，在審判後十五年後回來
你還活著，我還活著，那多好

我是你錯過的南宋少年嗎？斷水
殘山裡的畫中人，在焚書後七百年後回來
你還活著，我還活著。

2021.12.30.

2016 年，
高菊花最後一次聽到父親的聲音

「樹梢的小鳩，回家了吧？」

── 高一生〈杜鵑山〉歌詞

杜鵑山的山神又醉了
十字路的郵局
異邦人的髑髏地
又像半個世紀前那麼遙遠
但我不再跋涉
我聞到熟悉的菸味，看見微火
在林中一明一滅，黑夜壓下來
被它彈開

樹梢的小鳩回家了
爸爸，這次是真的，我們一起回家吧

沒有國，沒有族，只有家
我輕輕哼出六十年前的歌
用聲音織巢
把稀薄的流霞、踉蹌的風、號哭的海
都編織在一起
比貝多芬唱片上的紋路
還要令人心顫呢
像母親簌簌的落髮

也像我曾經攥在手上的番刀吧
後來，我攥緊的只是刀刃

麥克風也是刀刃啊
爸爸你一定看見了
你沒流完的血
在我掌心接著流下
但你沒唱完的歌
我也接著了

杜鵑山的山神醒來時
會替它的孩子們復仇的
田地和山野，隨時都有你的魂守護著
田地和山野，隨時都有我的魂守護著

2022.6.16.

注：

高菊花（1932-2016），鄒族歌唱家，白色恐怖受難者高一生（Uong'e Yatauyungana, 1908－1954）的長女。父親被難後，高菊花以「派娜娜」之名賣藝養家，飽受國民黨和鄉霸的欺凌侵犯，甚至被要脅做「陪伴外賓」的特殊工作。一生命運多舛，晚年隱居，2016 年逝於故鄉。

「田地和山野，隨時都有我的魂守護著」，出自高一生遺書。

2017 年，宸君下山

若你將使我理解
一座島嶼
　　　——劉宸君

你帶我走吧，或者我帶你走
你的冷是我不能觸碰的海拔
但我可以成為蕨類，不畏寒的那些
骨頭一樣的星屑
輕輕裹緊，你漸漸飄散的意識。

我不是山岳，也不是困鎖你的河谷
我是你的地圖上沒有畫出來的部分
是不進入你詩篇的另一些傷口
歷史的或者城市的
洗不乾淨的黑螺母。

也是母親的一種，但屬於海岸和濕地
屬於山所不能理解的孤獨。
我也會慢慢回歸為鐵
和你們的礦脈會合
我們再一次成為島嶼如何？

（你早已是島嶼了，媽媽，小媽媽）
只有成為島嶼我們才能夢見
那個喊山的女孩
她喊山，然後山神哭泣
靜靜地在她四周放下寶藍色的帷幕——

那麼，宸君，我也走下來
在卵石上的凹窪安放我的腳跟、掌心
如曾在卵中安放開始自轉的星系：你

2022.5.11.

注：

劉宸君（1999-2017），才華橫溢的寫作者、登山者，2017 年遇山難逝於尼泊爾納查特河谷的山洞中，年僅 18 歲。遺作《我所告訴你關於那座山的一切》。

2019 年，流亡者，把光調暗一些

學習調暗一些
路燈、廊燈和暴雨的藍調
這裡跟我們離開的那座島嶼不同
像刀背與刀鋒的不同
你夜行，我就缺刃
寄鬼火與鬼好讓它嗟呀一些
綠調

學習調暗一些
你說：不了，大翼瓢潑撕你的背肌
不知是自己還是忿天使在飛
就這樣一推到底
就這樣被未知的花卉分開了螢光魷的孕體
那推著腳踏車去買冰塊的不是你
那在刑求中雕刻冰馬的更不是你

所以，暗一些，好嗎
鞋子裡有人綁住你的腳趾
盲文讀著虎紋，夢中越獄需說粵語
從順流而下的內臟中
用染紅的戲袍
裹起那個呆子
把悲劇還給他的喜劇

2022.1.16.

2020 年，新住民迷路記

汽車的底盤
被手臂般長的樹枝貫穿了，
糾絆著。
遵從導航的結果，
我突然發現自己被漫山遍野的墳墓包圍。
同時陽光轟跑了一下午的暴雨。

死者不會和我面面相覷：今天
七月一日
在此地不過是個普通日子。
他們所記得的香港
也不可能是兵刃相加的這個，
而是曾經接引兵刃相加的同胞的那個。

死者伸出更多的繁枝、密葉
來把我們挽留，
這關渡大橋西邊
突兀的山地，緊緊地
把本應該一眼
看見的台灣海峽藏在身後。

今天我和台灣同事交換過
六十年前台灣和去年香港的死者，
我們像交換懷中嬰兒一樣
小心翼翼，讓他們
在我們的掌上逗留片刻，
再幽幽煙散。

也許因為這樣，
當我香港的手足們
在銅鑼灣的刀山上遊行，
我也得以在八里
那沒有十字架的髑髏地拋錨，
在烈日下向驟然拉長的影子借了個火。

同時，天使又搖給我一把雪
讓我藉著寒意
把台灣與香港的生者在自己懷中交換片刻。

2020.7.1.

最後一兵

他一邊向我的手心注入想像的沸茶
一邊心痛地吹拂它讓它在想像中不那麼燙

而他的回憶滾燙
他的想像也滾燙

他的回憶像他的國一樣被絃中斷
無數次，就像他是她想像的提琴

而他的手心已經腰斬
而我的提琴勒住我走向 1948 年煉獄的馬蹄

他的軒昂，未曾在一筆錢前面頓挫
他本來就是山東響馬，揮鐧入夢的豪客

我們都情願這茶是酒啊
是酒的話我們就可以縱情烏鴉

祕密說一些黑話：他們的國被嘔吐出來
無非海棠葉，無非蕃薯塊，無非列島分崩

我們分吃這個哭吧，分吃這個無常怪
數率和黑洞都無效了，你提槍，我牽馬

涉江，無家

2020.11.6-16.

和管管（1929-2021）最後一次見面那天寫的詩，紀念管管

2021 年，愛在瘟疫蔓延時

在茶店
他只是輕輕輕輕觸撫
想把一點愛移進皺紋和肉褶裡
沒想到移動了整座島嶼。

其實移動的，是檳榔
回到五十年前少年的初夜
尚未包裹石灰的那顆顫抖喉結；
是黃金回到細腰的後半夜。

蜂群如風起的黃昏，他拍死一隻
在茶杯或者歌唇的旁邊
暮色就蜚短流長了
他的尾指沾了酸掉的蜜。

現在他隔離在失眠女兒和情人的夢裡
我又隔離在他的衰老之中
如一股衰蘭
騰雲之氣

我開門，像疊起一把還淌著水的傘
疊起她，捲入那張停刊的報紙
她消毒過的蒂依然不斷開出花骨朵
心形、也冠冕。

2021.5.16.

終章：
此刻

此刻，在依然陌生的島嶼上
陌生人因為區隔而平等
我們習慣了微小的雲從口罩邊緣上升
帶給眼鏡或者眼睛一場雨的伶仃
期待濫用愛恨的人會意外懷孕
但他們的嬰兒將不會出生在
看不見臉的時代
因為夠了，我們的口罩
應該回到乳房或者心臟
我們的酒精應該回到豔遇者的酒瓶

此刻，在依然側臥太平洋的島嶼上
植物先於人類甦醒
然後是女兒，繼而兒子，父母在靈薄獄喋喋

彷彿他們一生所吃掉的魚的全部沉默
他們垂憫鄰人僅限於羅生門的相讓
他們傷害愛人滴血於懸指的烏盆
但過去的幽靈依然乘風回訪
平添你們偷歡的重量
也許夠了，我們的但書，我們的大悲咒
刺青於盈手的美臀

此刻，在死者欣然舉起手機為我們照相
的島嶼上死者騰空了我們的婚床
騰空而起的青煙書寫他們最後的編號
留給生者最後的慰安是
他們不再代表這場瘟疫
我們接棒，接種疫苗

純熟的手勢照舊掀起死神的短裙
她的苦笑跟以往每夜的歡愉沒有什麼不同
真的夠了，華爾滋舞讓出的空缺
足以給諸山的犬王重新出生

此刻，在我籠入腕骨的島嶼上
時間出走像一位高貴的侏儒
嘲弄著客座教授和欽差大臣
觚不觚，你的妻子偷偷夢見了民國
當你呢喃著新宿的微冷山丘
當你依然喚她的名字是暖暖
你的北迴線已經停駛
雁群提早了一千年在松山機場再著陸
它們叫著夠了夠了，當你第一次郊遊
遇見的幼熊它的後代已經在凱特格蘭大道跳舞

2021.6.9.

本作品由財團法人國家文化藝術基金會贊助創作；
詩中涉及台籍日文詩人的部分，蒙詩人學者陳允元
提供多篇資料及論文參考；
特此致謝！

拓孤之地 （劫後書三之一） 雙囍文學 14

作者　廖偉棠

堡壘文化有限公司　雙囍出版
總編輯　簡欣彥｜副總編輯　簡伯儒
責任編輯　廖祿存｜行銷企劃　黃怡婷
裝幀設計　朱疋

出版　堡壘文化有限公司 雙囍出版
發行　遠足文化事業股份有限公司（讀書共和國出版集團）
地址　231 新北市新店區民權路 108-2 號 9 樓
電話　02-22181417
Email　service@bookrep.com.tw
郵撥帳號　19504465 遠足文化事業股份有限公司
客服專線　0800-221-029
網址　http://www.bookrep.com.tw
法律顧問　華洋法律事務所　蘇文生律師
印製　中原造像股份有限公司
初版 1 刷　2023 年 09 月
定價　新臺幣 399 元
ISBN：978-626-97221-3-6

本書榮獲國家文化藝術基金會創作補助

財團法人
國家文化藝術基金會
National Culture and Arts Foundation
NCAF

國家圖書館出版品預行編目 (CIP) 資料

拓孤之地 / 廖偉棠著 . -- 初版 . -- 新北市 : 堡
壘文化有限公司雙囍出版 : 遠足文化事業股
份有限公司發行 , 2023.06
　　面 ;　公分 . -- (雙囍文學 ; 14)
ISBN 978-626-97221-3-6(平裝)

　　　　851.487　　112006155